문학과지성 시인선 385

타일의 모든 것

이기성 시집

문학과지성사

문학과지성사에서 펴낸 이기성의 시집

불쑥 내민 손(2004)

문학과지성 시인선 385
타일의 모든 것

펴 낸 날   2010년 10월 29일

지 은 이   이기성
펴 낸 이   홍정선 김수영
펴 낸 곳   ㈜문학과지성사

등록번호   제10-918호(1993.12.16)
주   소   121-840 서울 마포구 서교동 395-2
전   화   02)338-7224
팩   스   02)323-4180(편집)   02)338-7221(영업)
전자우편   moonji@moonji.com
홈페이지   www.moonji.com

ⓒ 이기성, 2010. Printed in Seoul, Korea

ISBN 978-89-320-2169-0

* 지은이는 서울문화재단 2009문학창작활성화지원사업기금을 수혜했습니다.

문학과지성 시인선 385

타일의 모든 것

이기성

2010

시인의 말

내 앞에 불쑥,
다가왔던
차갑고 딱딱한 손에게

2010년 가을
이기성

타일의 모든 것

차례

시인의 말

제1부

제1부

타일의 마을

안개의 타일 속에서 웃는 소녀들 조용히 퍼져 나가 금세 딱딱해지는 소문들 잿빛 거미처럼 아파트 회벽에 달라붙은 여자들 속삭이는 타일 속에서 흘러내리는 침들 이름을 잃어버려 엉엉 우는 별들 강둑을 달려가는 하얀 다리들 뒤따르는 자전거 바퀴들 넓게 펼쳐진 밤을 따라 개를 끌고 가는 주정뱅이들 창백한 바람처럼 자꾸 희어지는 어떤 얼굴들 오줌을 싸는 노파들 그리고 밤 속에서 불쑥 체인을 든 검은 사내, 가족들은 얼어붙은 듯 풀밭에 앉아 있다 진홍빛 손가락이 모래밭에서 쑥 돋아나고 세번째 소녀가 조용히 책을 덮는다 강가에 던져진 구두는 입을 커다랗게 벌리고 하나 둘……

개구리들

그녀가 찰싹 사내의 뺨을 때린다
그녀의 손바닥이 허공을
짧게 스치고 지나갔다
이상한 기교다
촛불이 타오르고
그녀의 손목이 휘는 걸 보지 못했지만
냉소하던 자들의 혓바닥은 벌써 차게 굳었다
뾰족한 구두의 뒤축이
밤의 배꼽에 박혀 있었으므로
붉은 벽돌처럼 침묵했다
어떤 구름의 탄식과 우울을 빌려
사내는 잠깐 비틀거린다
금이 간 거울의 표면을
지나간 그림자를 본 것 같아
그녀가 낮게 중얼거린다
그들은 너무 투명했으므로
유리의 저편처럼
그림자가 만져지지 않았다

초록의 촛불이 타오르고
사내의 등이 천천히 기울어진다
그녀의 푸른 입술에서
흩어진 걸 개구리들이라고 말하진 않겠다
다만, 오려놓은 구름의 저쪽
지금은 당신이 흘러내릴 시간이다

타일의 모든 것

그것을 안다, 나는 그것을
사랑하고 타일이라고 부른다, 타일은 흰 접시를 두
들기고
침을 흘리고 양탄자에 오줌을 싼다, 아파트에 들일
수 없는 더러운 짐승
타일은 쿵쿵 고요한 이웃을 깨우고, 발을 구르고
비상벨을 울리고
좁은 계단으로 도망친다, 우리는 모두 타일을 사
랑해
그러나 지붕으로 달아난 타일은 커다랗게 부풀고
삑삑 사방에서 경적이 울고, 타일들이 모두 깨어나
노래를 부르는 밤
벌어진 입속에서 푸른 타일 쏟아지는 밤
검은 자루를 질질 끌고
한밤의 피크닉을 떠나는 가족들, 타일을 안고
돌아가는 창백한 독신자들
타일 속에 숨어 헐떡거리는 공원의 소년들
그리고 결정적으로 그것을 사랑할 수 없기 때문에

화가 난 여자들
　자, 타일을 마구 두드리는 밤이다
　우르르우르르
　뜨거운 침과 함께
　푸르고 총총한 타일 조각들
　머리 위로 쏟아진다

비누

세입자인 사내는 한 박스의 비누를 샀다
한 달 뒤엔 거품의 아이들이 마구 날아다닐걸
사내는 큭큭 웃었다
딱딱한 비누로 그릴 수 있는 건
별로 없었을 테지만,
사내의 굳은 이마처럼
달력 위에 두꺼운 타일을 쌓는다
여긴 아무도 찾아오지 않는
어두운 욕조
입김으로 흐려진 거울
비누는 점점 자라
결국 울적한 구름처럼
최초의 눈물처럼 흩어질 테지만,
오늘도 복도는 아주 고요하고
단단한 허공의 뺨에 비누를 문지르자
정말 거품의 눈동자 거품의 비명 거품의 아이들이
그를 둘러싼다
검은 욕조에 흘러넘치는 어제의 얼굴들 혹은

사방에서 타오르는 흰 불꽃

흩어지는 사내의 얼굴을 움켜쥐고

춤추는 오, 거품의 맨발들

잿빛 타일을 뚫고 얼룩처럼 흘러내리는 미소

어두운 오후 내내 우리는

복도의 마지막 문을 마구 두들겼다

표정을 잃은 시간 속으로 그는 가득 흩날렸다

늙은 세입자를 사랑했으나

그의 눈에서 피어나는 거품을 막을 수는 없었다

차가운 눈꺼풀 비벼대며

푸르고 미끄러운 밤에 우린

달아나기 시작했다

외투

7시에 손님이 도착한다. 우리는 방을 닦고 울면서 식탁을 치우고 7시를 기다린다. 찬장 구석구석 접시를 닦듯 썩은 이빨도 모조리 닦고 잿빛 먼지의 외투를 뒤집어쓴다. 7시에 말끔히 닦아놓은 얼굴에서 풀풀 먼지가 쏟아지기 시작하는 것이다. 두꺼운 벽에서 낡은 양탄자에서 오래된 회색의 기침이 마구 솟구치듯. 콧등에 입술에 들러붙는 요란한 먼지를 털고 입 안에서 노랗게 잉잉대는 그것을 뱉어내고, 장미나무 식탁에 앉아 검고 뜨거운 차를 함께 마셔야 할 텐데, 내 가슴에 박힌 푸른 식칼처럼 문득 방이 환하고 고요해지는 것이다. 다정한 손님이 문을 두드리는 무수한 7시에 광막한 외투 속 시체들이 이빨을 몽땅 드러내고 웃기 시작한다.

청춘

철수가 집에 돌아왔을 때 흰 접시들은 침묵하고 있었다. 철수가 매미처럼 찬장 안에서 맴맴맴 한여름의 노래를 부를 때 아득한 눈보라처럼 촛불들이 흔들렸다. 똑똑 사라진 문을 두드렸을 때 철수를 기다리던 녹슨 음악들이 비틀거리며 주저앉았다. 노란 먼지 활짝 피어올랐다. 검은 태엽들이 우르르 천둥소리를 내며 굴러갔다. 흰 종이에 철수가 삐뚤삐뚤 달의 향기를 그릴 때 숲은 어둡고 귀머거리 새들이 노래하고 죽은 장미나무 냄새 가득했다. 낡은 달력 속 길게 자란 여자의 검은 머리카락이 철수의 목을 휘감았다. 노란 먼지를 한 움큼 입에 물고 철수가 집에 돌아왔을 때,

회합

시인은 서둘러 장화를 신는다
장화 속에 뚱뚱한 몸을 구겨 넣으며
주머니에 가득한 잿빛 담배냄새를 맡는다
이런 밤에 회합이라니
눈보라가 가득 흩날리고 있잖아
너무 많은 사랑과 얼굴들과 거울 같은 논쟁에 둘러
싸여
커다란 장화처럼 부풀어 오르고 싶지는 않은데
짧고 하얀 기침을 해대며
늙은 시인은
비밀의 눈꺼풀 속으로 숨어든 연인처럼
오 분 전에 출발했어야 하는데
아직도 백 리를 더 달아나야 하는데
그러나 하얀 외투를 똑같이 입고
검은 전나무 숲을 행군하는 군인들처럼
회합의 추억으로 모두가 박수를 치고
손바닥들이 식탁 위로 우르르 먼지처럼 쏟아질 때
회합은 죽은 자들의 얼굴로 모였다가

차가운 접시를 핥으며
새파란 입술로 흩어지는 것
커다란 장화 속에서 모두 기립한다
눈보라 속에서 덜덜 떨며
손을 꼭 맞잡은 어린 연인들
두 눈을 가리고 누군가 유리컵을 힘껏 내리친다
오, 이런 밤에 홀로 회합이라니

1호선

초록불이 황색으로 바뀌자
사방에서 검은 원숭이 떼가
킥킥거리며 튀어나왔다.
꽉 막힌 길 자동차는
흰 정지선에 멈추어 있는데
휘어진 고압선 너머로 쿨룩,
기침을 하며 태양의 오래된 입술 떨어지고
황색의 불빛이 깜박이는 동안
탄식처럼 거리를 점령한 원숭이 떼
뜨거운 지붕 위로 부웅— 떠올랐던가 너는,
과열된 퓨즈처럼 녹아내리는
세상은 온통,
저놈들 벌건 엉덩짝처럼 타오르는데
정오를 관통한 바퀴는 허공을 향해 날아가고
강철의 이빨은 깨진 라이트를 물어뜯는다.
육교의 검은 철근에 매달려
다리를 버둥거리던 너,
깨진 블록처럼 투덜거리며 침을 뱉고

찌그러진 태양의 헬멧을
다시 눌러쓴다.
금이 간 눈을 깜박일 때마다
황색과 초록의 틈새로
흰 먼지의 불꽃이 피어나고
검은 원숭이 떼 자욱하게 몰려간다.

즐거운 세탁부

창밖은 사월,
모피처럼 부드러운 눈이 내리죠
오전의 여자들은
흰 접시처럼 얌전하게 빛나고
복도마다 철문이 굳게 닫혀 있는데
계단을 달려가는 사내의 등이 검게 젖어 있군요
달아오른 뺨은 붉고
후들거리는 다리는 고독하고 뻣뻣하죠
보세요, 숨 막히도록 달려도 눈보라 같은 흰 커튼
종일 출렁이고 낡은 계단은 위로도 아래로도 뻗어
있으니
어디로든 달려갈 수 있겠죠
그리고 여자들은 어디서든 숨어서 깔깔 웃어요
비상계단이나 공중의 통로 저편에서
새하얗게 흩어지는 눈보라
차가운 복도를 굴러다니는
휘파람 소리에 툭, 발이 걸렸나요
찢어진 커튼을 휘감고 안심한 듯

천천히 쓰러지는 그를 보세요

눈이 감길 땐 들숨과 날숨의 통로를

함부로 두드리던 웃음소리 뚝뚝 끊어졌는데

사월엔 모피처럼 부드러운 눈

시간의 철문은 굳게 닫혀 있고

접시처럼 차가운 여자의 가슴에

그는 얼굴을 묻죠

무정한 눈송이 가만히 내려

잠든 사내를 덮고

계단과 계단 사이는

아주 고요합니다

폭소

처음에 당신은 흐르는 눈물을 닮았지 자정이 지나 옥상 가득 검붉은 팬지가 피어나고 어디서나 당신을 만나지 어둠 속 둥둥 떠다니는 처녀의 익사체처럼 냄새도 발자국도 없는 당신을 두 손 가득 끌어안고

아무 때나 웃음을 터뜨리지 목구멍을 타고 번져가는 하나의 표정으로 소란한 창문들 그러나 팬지는 종일 흘러내리는 지루한 눈물의 이야기 옥상에서 폭발하는 길고 뾰족한 혀 밤의 벌어진 턱밑으로 마구 넘쳐흐르지

혓바닥에서 녹고 있는 한 알의 모래처럼 아무도 당신의 운명을 의심하진 않지만 훌쩍이던 입술의 끝은 서서히 차가워지고 식어버린 손가락을 빨면서 당신은 공중을 흘러갈 테지 캄캄한 팬지와 모든 창문들에겐 즐겁게 인사를 그리고 12층에서부터 터져 나오는 희고 딱딱한 웃음들

내부순환로

저 휘어진 길의 각도를 믿지 않는다. 귓속에서 윙
윙 소용돌이치는 음악을 우리는 같이 통과하는 중.
깜빡이는 불빛이 빠르게 스치는 길에서 너는 반복을
모르고 어떤 집중을 향해 너의 노동은 달려왔다. 검
푸른 길은 둥근 귓바퀴를 돌아 피로한 커브를 그리고
천사는 구두가 벗겨진 채 박살이 난다. 처음 만져보
는 시간의 푸른 조각들 한꺼번에 쏟아지는, 한때 눈
물이었던 것을 기억하기 위해 창백한 입술을 파닥여
보지만 오, 깨어진 시간의 이쪽과 저쪽은 광활하고
유리 천사의 뺨 위에서 너는 흩어진다. 녹색의 어둠
이 빠르게 휘어진다. 영원한 음악과 불면과 노동을
남긴 채 너는 유유히 처박힌다.

언더그라운드

그리고 여긴 아득하다
우린 대화하지 않는다
밤의 거친 입술을 지나
뜨겁게 춤추다 깨어지는 유리 구두처럼
유쾌하게 깜빡이다
불빛같이 흩어지는 불안의 초침들처럼
차가운 공기의 벽돌을 발로 차면서
비어 있는 내부를 쭉 관통할 수도 있다
빗물이 톡톡 떨어질 때의
여긴 고요의 언더그라운드
어둠에 스며드는 비의 흰 얼굴들을 볼 수 있다
그러나 흔적 없이 속삭이는 혓바닥처럼
그들은 때때로 출몰하고
아름다운 유리창을 두들겨 부수고
물방울처럼 조용히 폭발하지만
한 번도 불러보지 못한
낯선 구름의 이름은
당신의 어두운 주머니 속에서 터질듯 부풀어 오른다

두꺼운 공기의 벽을 텅텅 울리며
잠깐 멈추었던 자정의
엘리베이터가 다시 추락하기 시작할 때
장례식의 광대들처럼
우린 이미 영원한 하루를 관통하였다
아득한 터널의 입구에서
공기보다 빠르게 흩어진다
구름의 맹렬한 입술처럼 뜨겁게 몰려와서
검은 폭탄처럼
때늦은 눈물처럼

스냅

朴이 걸어왔다. 헐렁한 슬리퍼, 덜컹거리며 지나가
는 기다란 얼굴의 창문들, 얼굴을 붉히며 문을 닫는
상점의 아가씨들. 쓰러진 나무를 베고 누운 사내 지
나가는 바람에 마지막 입김을 섞는다. 뺨을 핥던 바
람이 모르는 여자의 펄럭이는 스커트 속으로 들어간
다. 배가 커다랗게…… 부풀어 여자는 눈물을 흘린
다. 상점의 계단에서 졸던 노인은 문득 고개를 떨구
고 어린 신부의 얼굴에선 뜨거운 웃음이 터져 흐른다.
朴은 밤과 밤 사이에 있고 어제의 먼지와 오늘의 푸
른 적막 사이에 있다. 그런데 우르르 몰려가는 한낮
의 애들은 어디서 새파란 비명을 배울까. 녹는 사탕
으로부터 무덤은 돋아나고 젖은 혀 위에서 오래 굴러
다닌다. 기다란 얼굴을 매달고 창문들이 계속 지나간
다. 돌연 朴이 천천히 기울어진다.

실루엣

문득 삭제되었지만 결코 구름이 된 건 아니다. 그러므로 이건 내가 본 것에 관한 이야기. 그의 하반신을 쓱쓱 지우는 흰 손바닥. 차가운 도로 젖은 발목이 잠깐 꿈틀거리긴 했으나, 어쨌든 삭제되었으므로 그는 유령이다. 유령의 몸짓을 재빨리 배운다. 놀란 나무들 커다란 귀를 내밀고 그의 속삭임을 듣는다. 녹색의 혀끝에 이상한 바람이 불어오고, 이따금 찡그린 난쟁이들이 그의 어깨에 올라앉았다. 어느새 거대해졌는지도 모르겠다. 그는 이동 중이지만, 표정을 읽을 수 없으니 사방으로 휘어진다. 자정의 검은 버스는 덜컹거리며 떠나고, 흐려진 공기 속에서 단 한 번 쭈그린 자세를 고쳐 앉았다. 1분 전에 지나간 시간이 영원한 실루엣을 완성하였다. 그리고 덧붙이겠다. 그의 얼굴 위로 천천히 덮이는 흰 페인트와 잿빛 먼지와 두번째 구름의 표정을⋯⋯

빈 페이지

먼지바람 흩날리는 풍경 속에서
이제 초콜릿으로 만든 집을 찾는 아이가 아니다
두꺼운 책을 덮고 나는
먼 휴가를 떠나왔을 뿐
얼룩 고양이의 부드러운 털에
손을 파묻고 쓰다듬던 기억
손가락 사이로 달콤하게 녹아 흐르던 그것
주황색 노을이 지붕처럼 덮고 있는 언덕
아이들은 옥수수처럼 쭉쭉 자라
무수한 兵丁이 되고 입가에 번진
침을 닦으며 누런 군복을 입고 걸어간다
골목 안 염색공장의 아가씨들은 명랑하고
하얀 목덜미 밤을 연주하는 손가락들
잘린 발목을 푸른 들판에 심어준다면
서글픈 개의 눈동자처럼 빛나는
마지막 폭탄처럼 나는 활짝 피어나겠지만
지상의 모래는 아직 뜨겁고
검은 장화 속의 兵丁들은 목이 쉬었다

입안 가득 마른 먼지를 뱉어내며
맨발의 여자들은 오늘도
명랑하게 군복을 염색하고
그러나 사방으로 흩어진 나는
아무것도 기억하지 않는다
초콜릿처럼 녹아내리는 밤
끈끈한 국경을 넘어
아득한 전쟁을 넘어
염색공장의 검푸른 천들이 흩날리는 걸
바라보며 마지막 페이지의
兵丁은 한쪽 다리로 서 있다

자장가

某日의 정오
너는 아직 명랑한 아이
흰 조약돌처럼 얼굴이 따뜻하고
검은 주머니 속에선 갑자기 하얀 새가 튀어나오지만

아무것도 놀랍지 않아
귓가에 환한 바람이 지나가는데
다정한 여자는 검은 소파에 앉아 가느다란 손가락으로
근심의 피륙을 짜고 있는데

사각의 귀퉁이를 넓게 펼친 푸른 해변
오렌지빛 머리칼을 흩날리며
정오의 모래 위를 달려가는 아이

거대한 공장의 손가락들은
쑥쑥 자라서 검푸른 나무가 되었는데
아름다운 커브를 그리며 날아간 새는

너를 멋지게 속였는데

얼굴 위로 쏟아지는 눈송이처럼
너는 아직 명랑하고
태양의 흰 나팔 묶음의 귓속을 하얗게 울릴 때
대지의 벌어진 입술에서
유황냄새가 흘러나온다

돌처럼 굳은 너의 몸을 감싸며
여자는 두꺼운 잠의 피륙을 덮어준다

고요한 정오의 손가락이
녹색 모래에 파묻힌 채
차갑게 식어간다

나비

어두운 정원에 아내를 묻고 사내는 푸른 병에 담은 물을 뿌린다. 살구색 넥타이를 고르고 노동자처럼 아침에 구두를 닦는다. 천천히 이빨을 닦고 차를 끓인 다음 찻잔 속에 담긴 달과 生活을 물끄러미 본다. 정원에 무성한 풀들, 낡은 구두 속에 떨어진 잿빛 수염처럼 그것들이 마구 자란다. 거품비누로 손을 씻고 검은 우산을 펼치고 기침을 두 번하고 달을 옮겨오기로 결심을 하는 동안, 풀들이 발등을 덮고 거침없이 담장을 넘는다. 이런 밤에 녹색 고무나무 아래 아내의 젖가슴이 하얀 돌처럼 굴러다니고, 달은 움푹한 빈손으로 찾아오는 것이다. 맨발로 달려와 창백한 심장을 마구 두드리는 어린 약혼자처럼. 이젠 그의 것이 아닌, 아름다운 아내의 입술에서 검은 뱀이 천천히 흘러온다. 기필코 눈물을 터뜨리며 사내는 봄볕 속에서 마른 두 팔을 휘젓는다.

제2부

선물

오래전 저수지에 처박힌 자동차가 건져지고, 차 안에서 잠들었던 아이가 반짝 눈을 뜬다면, 이끼와 검은 흙 가득 담긴 입에서 노래가 흘러나온다면, 포클레인에 찍힌 녹색 지붕이 천천히 무너진다면, 풀잎처럼 젖은 옷을 입은 아이가 차가운 물을 뚝뚝 흘리면서 걸어간다면, 하얀 발바닥이 아스팔트에 끈적끈적 들러붙는다면, 깨진 선풍기 날개 더러운 천장에서 덜컹덜컹 돌아가고 식은땀 흘리면서 뚱뚱한 식당 주인이 검붉은 살코기를 내리친다면, 커다란 솥에서 기름 부글부글 끓어 넘친다면, 놀란 아이가 불타는 두 눈을 가린다면, 달콤한 검은 눈물이 귓속으로 영원히 흘러내린다면, 자동차 바퀴가 박하맛 사탕처럼 녹아내린다면, 사내가 차를 몰고 밤의 한가운데로 붕 떠오른다면

줄넘기

아빠여, 우리의 세계는 흐릿합니다
오늘부터 줄넘기의 규칙이 없어지고
공중에 떠오른 스무 개의 발과 스무 개의 발이 동
시에 착지를
붉은 등과 파란 등이 동시에 켜지고
아빠의 귀가 점점 커집니다 목도 길게 늘어나지요
아빠의 커다란 배, 그것은 희고 출렁이는
이상한 감정을 유발하지만
120킬로를 훌쩍 넘은 몸이 공중에 떠 있을 때,
떨어지는 햇빛에 걸려 꿈틀거리는 아빠여
가족들이 소풍 떠나는 일요일에도
아빠의 발은 조금 더 자라고 기다란 귀가 더 커지고
김빠진 맥주처럼 감각 없는 발이 걸어가는구나
아빠는 닭발을 먹지 않는구나
그러나 공원에는 잿빛 비둘기들
하얀 머리카락을 가진 아빠는
하나, 둘, 셋 고독한 줄넘기를 배우고
구슬피 울면서 펄쩍 뛰어오르는 것입니다

다정한 가족들이 예의 바르게
흰 손수건을 잔디밭에 펼쳐놓고
규칙적으로 점심을 먹을 때
이런, 떨어지는 줄에 발이 걸려
가족들은 갑자기 아빠를 발견하고
얘야, 너는 가족을 잃었구나
줄넘기를 잘하는 미아가 되었구나 그리고
아이의 몸에서 이상한 냄새가 난다고 울부짖는 것
입니다
줄넘기의 규칙과 질서가 오늘은 열차처럼 사라지고
머리를 쥐어뜯으며 복수 따위를 꿈꾸지 않는 오후에
햇빛이 두 눈을 찌르고 또 찔러서
아빠여 우리의 세계는 흐릿합니다
아직 푸른 안개에 젖은 듯
너무 먹구름에 젖은 듯
거대한 줄에 걸린 발목이 차가워집니다, 아빠여

언더그라운드

어떤 통로 속으로 숨어든 길을 알지. 당신의 취향은 모르지만, 통로에 대해서라면 나는 모르는 게 없지. 거기 누가 있나요, 고양이처럼 가느다란 수염을 달고 나는 발끝으로만 걷는데 365일 셔터가 굳게 내려진 통로를 어슬렁거리는데

귓바퀴처럼 확장된 통로에 숨어든 당신의 혈통은 어디로 흐르거나 폭발하는가. 째깍째깍 파란 뇌관이 타들어가는데 기침을 할 땐 투명한 침방울이 사방으로 흩어지는데 검은 두건을 쓴 혁명가들이 탄 열차 휙휙 지나가는데 어쩌면 불타는 꼬리를 아홉 개나 매달고

이봐요, 당신은 종일을 열차가 지나가는 통로에 앉아 있군요. 하지만 그건 당신의 취향일 뿐. 나는 컴컴한 시멘트 정원에 물을 뿌리고 3분마다 열차는 빛을 뿌리고 그리고 당신의 얼굴이 밝았다가 다시 어두워진다.

귀머거리 바람이 안녕 속삭일 때의 여긴 재의 언더
그라운드, 입구와 출구가 따로 없지. 시멘트 가루가
통로에 별빛처럼 쏟아진다. 머리카락에 속눈썹에 푸
릇한 입술에 흰 재가 수북이 쌓이고, 나는 얌전히 두
귀를 접었다. 두꺼워진 시간의 벽을 손톱으로 긁으며
당신은 울음을 터뜨린다.

밤의 책

광활한 밤의 한 페이지를
힘껏 잡아당기는 당신의 코는
더듬거리는 악기다
얼어붙은 욕조에 누워서
당신은 갑자기 기억하기 시작한다
지금은 뜨거운 팔월이고
기계는 윙윙 돌아가지 당신의 입에선
쉬지 않고 검은 물이 흘러내려
소음을 꽝꽝 쏟아내는 불친절한 악기처럼
과열된 시간을 이상한 코로 어루만지고 있네
나는 흘러가는 공중의 별을 보고 누워
꽃잎처럼 흩어지는 하얀 소음을 듣고 있지
창백한 열두 시가 지나고
우울한 도시가 음악과 함께 천천히 물에 잠기고
있어
나무들은 젖은 블록을 악착같이 붙들고 있는데
우린 멸종한 노동자들이다
쪼그라든 팔과 다리,

거대한 코를 휘두르며 네거리를 휘젓는다
붉은 신호등이 한꺼번에 깜박이고
흰 거품과 소음들이 마구 귓전을 스치는데
당신은 가슴을 핥는 차가운 물에 대해
한 세기를 흘러온 기계의 영혼과 흰 꽃잎과
영원한 휴일의 습관에 대해 생각하지
당신은 칫솔 대신 거품을 물고 쓰러졌네
입가에 길게 흐르는 침을 닦고
침몰하는 욕조 밤의 숨결을 지나
아무도 걸어보지 못한 시간 속에서
녹슨 기계의 심장이 완전히 멎었을 때
얼어붙은 밤의 마지막
페이지가 천천히 찢겨지고
꽃잎 떨어지는 소리를 들었어

춤

밤은 불꽃처럼 짧아진다
불붙은 담배를 공중에 집어던지고
어떤 슬픔이 동시에 잿빛 해골을 덮쳤으나
잠의 베일에 싸인 왕은 눈을 뜨지 않는다
여긴 버려진 애들이 백 년째 울고 있어
벌거벗은 입에 한 움큼 붉은 사탕을 쑤셔 넣고는
검은 호수에 파묻어버렸지
차가운 계단에 누워 왕은 조금 울어본다
고양이 떼처럼 울부짖는 달빛의 밤엔 말이야
지상의 처녀들 두꺼운 얼음에 덮여 잠이 들고
푸르고 희미한 비단처럼 밤의 그림자가 어슬렁거
린다
거대한 굴뚝 저편 붉은 향기 둥둥 떠다니고
고통을 모르는 주름투성이 손을 벌리고
늙은 왕은 더듬더듬 걸어간다
헤이, 오랜만이야
누런 이빨을 드러내고
저기 누더기 태양이 절뚝거리며 다가오고 있다

여긴 붉은 녹의 냄새를 피우며 사라진 미소처럼 지
루하군
   텅 빈 해골을 검은 술통처럼 두드리며
   둘은 유쾌하게 담배를 나눠 피고
   썩은 이빨의 울음을 생략하고
   서로를 깊이 끌어안는다

말 없는 아이

빈 운동장을 달리고
또 달리네 말 없는 아이
동네 사람들이 돌아가며 머리통을
두들겼네 삑삑거리는 소리 자꾸 새 나왔네
교실엔 고무풍선 같은 숫자들만 가득해
땡볕은 목덜미에 흐르고
육상부 코치의 버클은 번쩍이네
그는 운동장 한가운데 서서 지루하게 호각을 불고
나는 헉헉 운동장을 돌고 있네
먼지바람은 이리저리 방향을 바꾸고
복도를 미끄럼질 치던 계집애들 가슴이 불룩했네
입안에 잿빛 모래 가득 물고
비좁은 운동장 각목에 박힌 못이 이마를 찍었네
가스통은 밤마다 눈 속에서 폭발했네
오렌지빛 화염의 눈물 녹아내리고
창문에 들러붙어 악을 쓰다가
훔친 오토바이를 타고 노란 달을 향해 달린다네
뚱뚱한 문방구 주인은 썩은 사과를 팔았네

희고 끈적한 손바닥 그가 내 얼굴을 만질 때
삑삑삑 호각소리 귓속을 들락날락했네
대낮 이웃 여자의 속옷이 흩날리고
늙은이들은 끙끙거리며 공중으로 벽돌을 운반하고
있네
잿빛 먼지에 덮인 육상코치 부동자세로 서서
땀을 흘리고, 울면서 삑삑 호각을 불고
둥그런 운동장을 돌고 또 도는 동안
말 없는 아이, 그림자가 점점 길어지네
검은 사과씨처럼 아무 데로나 튀어버리겠어
눈에 박힌 오렌지 폭탄을 모조리 뱉어버리겠어
목이 쉰 하루는 질긴 고무줄처럼 늘어나
아직도 발목에 걸려 있네

트라이앵글

고층 빌딩의 화장실 칫솔을 입에 문 그녀들이 깔깔
거린다. 꼭 죄어 입은 스커트 흰 거품을 물고 흩어지
는 웃음소리, 쇠파이프를 타고 빌딩의 구석구석까지
흘러간다. 뾰족한 구두는 투명한 소리를 내며 허공의
계단을 걸어도 좋겠지만 유리의 외부에서 노랗게 녹
아내리는 태양. 우린 지금부터 삼십 층 허공에 매달
려 바람과 먼지의 냄새를 잊고 호흡이 가빠지고, 빈
쇠파이프를 흘러가던 슬픔은 갈라진 틈새로 천천히
새어 나온다

광속으로 날아든 돌이 얼굴의 표면을 스치고 사라
지는 오늘은 깨질 듯 푸른 유리의 밤. 칫솔을 물고 깔
깔거리던 그녀들 중 하나는 비상통로에 갇혀 있을 것
이고, 그녀들 중 둘은 어두운 쓰레기통 속에, 그녀들
중 셋은 입이 틀어막힌 채 지상에서 가장 차갑고 황
홀한 유리의 밤을 맞이하게 될 것이다.

후일담

낡은 지붕을 걸어 가을 양이 돌아왔을 때, 달콤한 사탕을 가득 물고 이웃들은 입을 다물었다. 가을 양이 나의 두꺼운 허리를 끌어안고 차가운 입술을 나누어 줄 때 삐죽이는 바람처럼 훌쩍이는 천둥처럼 갑자기 흩어지는 자연을 나는 사랑하였다. 차가운 별과 벙어리의 노래 그리고 물고기의 이빨은 계절마다 차례로 반짝이고, 그러니까 지붕 위의 가난뱅이처럼 나는 반성을 모르겠고 몰려드는 구름을 이해하지도 않겠지만, 활활 타오르는 가을 양은 진흙 인형과 새파란 바늘과 모르는 이웃의 얼굴을 선물하고, 자정에 나의 두 발은 더 이상 자라지 않는다. 먹구름처럼 혀가 부풀지 않는다. 지붕에 떨어진 최초의 눈송이처럼 가을 양의 얼굴이 새하얗게 굳어간다.

폭소

나는 증발하지 않는다. 시간을 물어뜯는 흰 이빨, 나는 더 차갑다. 포클레인의 커다란 손으로 달의 파편을 퍼 올린다. 밤은 더 깊다. 그러므로 나는 거울처럼 냉정한 노래, 잿빛 바람의 두꺼운 외투, 철거를 기다리는 빈집에 스며들어 어두운 방 안 가득 칠해진 진홍 크레용 꽃잎을 활짝 펼친다. 걸인처럼 냄새나는 신발과 비누조각을 떨어뜨린다. 무너진 골목의 모퉁이 누군가 검은 연필로 그려놓은 얼굴, 아무도 없는 거울 속에서 쏟아지는 웃음들 그리고 입안 가득 먼지의 호흡에 묶인 영원한 묵음들. 나는 칼처럼 잠의 분화구에 가득한 흰빛으로 남아, 무너지는 노래의 지붕에 걸터앉아

자장가

어두운 대지에 얼굴을 파묻기 위해 차가운 지붕 아래로 흘러내리는 밤, 그걸 두꺼운 담요처럼 덮고 누워 난 오직 하나만을 기억해. 이를테면 단식하는 개들, 개들의 뜨거운 이빨과 허공의 외투를 껴입은 슬픔의 최적량. 그리고 지하도에 누운 늙은 사내의 귓바퀴를 흐르던 마지막 눈물. 오늘 밤을 지나 검은 쥐들은 얼어붙은 강물 위를 달려가고 토할 때까지 껵껵 울다가 사라지는 발자국들. 얘야, 입을 다물렴, 누군가 등을 어루만지면 조금 추위를 느낄 수도 있지. 불멸의 잠은 한없이 포근하고 개들의 벌어진 입을 스치는 먼 바람, 고요의 목구멍에 쌓이는 희고 푸른 재. 슬픔을 모르는 늙은 왕처럼 두 팔을 활짝 벌리면 따뜻한 오줌이 흘러나와

택시 드라이버

검은 시트 위에서 잠든 자네
미안하지만,
곧 시속 120킬로의 슬픔과 충돌하게 되지
덜컹거리는 바퀴 속에선
매 맞는 아이의 울음소리가 자라고
자넨 집중하려 애를 써보지만,
뜨거운 귓바퀴를 더듬는 울음소리를 알아들을 수는
없지
이제 우리가 가진 건 헐렁한 시간뿐이니
혀가 다 닳아버릴 때까지 딱딱한 기억을 핥는 거지
내 손이 자넬 위로할 수는 없지만
자넨 목구멍 속을 흘러가는 것처럼
길고 긴 터널을 통과하게 될 거야
헝클어진 여자의 가슴에 박혔던 칼은
너덜거리는 소문과 함께 곧 녹이 슬 테니
검은 시트 위에서
긴 잠에 빠진 늙은이처럼 편안해져도 좋지
심야를 달리는 택시는 어둠 속으로

영원히 사라지고 불꽃의 혀를 달고
자넨 계속 즐겁게 달릴 거야
아무리 발바닥이 뜨거워도
춤을 추는 것처럼 황홀하게 달릴 거야
마지막엔 바지를 적시는 오줌의 따뜻한 느낌 속에서
눈을 뜨고 공중에서 나부끼는 얼굴을 발견하게 되지
그리고 깨어진 백미러 속에서 안녕,
쉰 목소리로 인사를 하겠지
우린 결코 만날 수 없지만,
자네의 미소는 귓바퀴를 돌아
멋지게 허공으로 흩어질 거야

중앙공원

공원의 공중변소에 물개가 나타났다고, 난리가 났다. 둥둥 한낮의 고막을 두드리는 북소리처럼 멀거니 얼굴 마주 바라볼 때 작열하는 자줏빛 牧丹이 툭툭 떨어지는데 지하의 배수관을 기어올라 지린내 얼룩진 변기 속으로 불쑥 고개를 밀어 올린 놈은 영락없는 물개가 아닌가

신문지 깔고 벤치에 웅크린 노인의 마른 등허리로 줄줄 미끄러지는 햇빛, 달고 진한 커피를 마시던 사내들은 어디로 달아났나. 까맣게 탄 牧丹 가장자리처럼 지루하고 컴컴한 오후, 이 느닷없는 출몰은 뜬소문으로도 기록되지 못할 것이다. 빠진 이빨을 하나씩 물고 쑥대머리 畜生의 노인들이 변소 앞에 줄을 길게 서 있다.

배관공

어둡고 푸른 날씨가 기타를 깨운다. 서른 번이나 하품하는 기타의 입은 울적하고 불룩한 주머니 속에선 어제의 태양이 훌쩍이고 있는 게 틀림없어. 계단에 쭈그리고 앉아 배관공을 기다리는 기타의 한쪽 눈은 어디로 갔나.

사라진 태양을 찾아 종일 빙빙 도는 새들의 혓바닥과 무리 지어 해변을 달리는 아이들처럼 영원히 되돌아오는 고독한 하루. 누군가 끈적한 침을 흘리며 기타의 벙어리 심장을 마구 두들긴다. 녹슨 배관에선 불규칙한 박동이 껵꺽 터져 나오고, 심심한 기타는 따뜻한 오줌을 살짝 흘려본다.

녹슨 태양의 갈고리에 매달린 기타, 말라붙은 한쪽 눈에서 자줏빛 구름 같은 음악이 졸졸 흘러나온다. 검은 주머니 속에서 날씨는 어둡고 푸르고 고요하다. 배관공은 8월에 돌아온다.

어느 날

식탁에서 구운 생선을 뜯어 먹는다
푸른 종려나무에 대해 이야기도 한다
이 도시의 잿빛 수로와
공장 여인들의 검은 머리카락에 대해서도
일요일의 낮잠은 어떤가
이 도시를 방문한 이방인은 어떤가
그들이 지나간 자리에선 권태로운 개들이 킁킁 냄
새를 맡던가
그러나 결단코 어제의 청어 따위에 대해서는
입안 가득한 생선의 뼈에 대해서는
고백하자면 당신이 나를 미워한다는
사실을 믿을 수 없다, 나는 좋은 사람이다
식탁 밑에 칼 따위를 감추지 않았다
당신의 검은 목덜미나 하얀 손목을 훔쳐본 일이
없다
당신이 식탁에 초대되었다면
그건 단지 운이 나빴을 뿐이다
이방인의 눈동자처럼

푸른 돌을 던져본 일이 있는가
문득, 입을 다물면
군중 속으로 입이 사라진 듯하다
착한 하녀들은 은빛 접시를 들고 들어왔다가
조용히 사라진다
침묵 속에서 검은 오동나무 벽시계가
단정하게 두 시를 알린다
나는 빳빳한 식탁보를 잡아당긴다
시간의 흰 얼굴들이 더 빠르게 흘러간다
그러니 당신은 고요한 얼굴로 말할 수 있나
살인사건 뒤의 즐거운 식탁에 대해서
아직 검게 흘러내리는 머리카락에 대해서
하녀의 목덜미와 戰爭과 두 시의 눈물에 대해서
접시 위에 생선의 뼈가 수북이 쌓여 있다
식탁 위에서 당신은 차가워진다
나는 나쁜 사람이다
등 뒤에서 오렌지색 커튼이 흔들리고
누군가 방문을 급하게 두드린다

초대

그는 막 도착했다
이 황량한 겨울의 식탁에
창밖엔 시큼한 바람이 떠돌고

金은 조용히 앉아 있다
흐릿한 유리창의 표정으로 침을 뱉으며 완고한 탁
자를 두드리며 폭풍처럼 들끓는 고요한 金들이 돌아
올 때까지

식탁 위에서 새하얀 말뼈를 핥던 입술의 맛
식탁의 검은 얼룩을 金의 무구한 손가락이 하염없
이 문지른다

그의 오랜 취향과 낡은 문장의 냄새를 기억하는 金
들을 기다리며 金은 춤을 출 수도 있겠다 손뼉을 치
면서 金과 金의 손을 꼭 맞잡고 네 개 혹은 다섯 개의
발들이 빙글빙글, 차가운 호흡과 기침을 멈추고 하염
없이, 그러나 이 광활한 식탁 위에서

천천히 열셋을 세고 얼어붙은 흰 입술을 끌어당겨
다정하게 입 맞추기 위해 金은,
사랑하는 金의 얼굴을 모르고
그것은 식탁 위의 겨울처럼 영원히 빛난다

드디어 다정한 金들이 도끼로 창문을 두들겨 부수
기 시작한다
목덜미에서 차가운 물이 뚝뚝 떨어진다
金은 좀 추울 수도 있겠다

저녁의 식탁

저녁 바람에 커튼 휘날리고 촛불 파랗게 일렁인다.
어두운 귀를 열어놓고 나는 무쇠솥을 씻는다. 흰 쌀
알들 깊고 어두운 바닥으로 좌르르 쏟아지고 거미처
럼 맨발을 웅크리고 나는 본다.

젖은 불빛은 붉은 골조 사이로 떨어지고 밤이 도둑
고양이처럼 작고 더러운 발을 불안하게 꿈틀거리는
것을, 머리카락을 헝클며 몰아치는 바람 어린 새가
필사적으로 날개를 버둥거리는 것을. 거대한 레미콘
이 달려가고 검은 장화를 신은 이국 노동자들 줄지어
다리를 건너고 있다. 차가워진 발가락 사이로 쓰러지
는 젖은 풀들, 침묵의 보랏빛 입술들

무쇠 뚜껑을 뒤엎고 끓어오르던 시간이 발등에 확
엎질러지고 축축하고 낯선 밥 냄새 방 안 가득하다.
뺨 위를 흘러내리던 촛농처럼 식어버린 저녁의 식탁
앞에 나는 앉아 있다.

제3부

밤의 피크닉

아이는 텅 빈 풀밭을 달리고
여자는 말한다, 공장의 붉은 굴뚝에 발이 걸린 구
름의 표정을 보았니? 그러니 허공에 담긴 한쪽 발이
사라진 거겠지, 입김에 젖어 흘러내리는 얼굴을 어루
만지는, 풀처럼

둥근 풀밭 위를 달려간다, 말처럼
햇빛은 찬란하고 붉은 사과는 바구니 속에서 빛나고
풀처럼 사내는 조용하다

창백한 말들의 혈통이 궁금해진
십 년 후의 사내는
검은 굴뚝에 매달려 있다
한쪽 얼굴이 벽돌처럼 뜨거워지고
무너지는 콘크리트 틈새
길게 자라나는 풀의 얼굴들

공중을 달리는 말들의 다리는

희고 아름다워
차가운 그녀를 끌어안으려
사내가 두 팔을 활짝 벌린다
공장 커다란 굴뚝에서
잠든 말의 입김이
뭉클뭉클 쏟아지고

네 개의 다리를 뻗고
사내는 얌전히 누워 있다
풀밭을 덮은 밤공기의 따스한 젖가슴
부드러운 풀의 목덜미를 만지기 위해
손을 뻗어보지만
하얀 팔뚝에서 녹색 물방울이 피어난다

십 년 후 공중에 매달린 다리가 흔들리고
뺨 위의 오래된 눈물이
천천히 나를 떠나고 있다

늙은 여자처럼 쪼그라든
풀의 입술이 웃으며 속삭인다
넌 오래전에 죽은 아이라고

생일

오래된 거울이었는데, 이상하지
나는 구름이 된다
언니는 낡은 연애소설을 읽고
나는 벌써 뚱뚱하게 부푼 거품이 되었어
더운 오줌이 바지를 다 적실 것처럼 흘러
따뜻한 언니라고 부르며 언니의 커다란 젖가슴을
흘러내리면서
작은 애들처럼 따뜻하게 구운 감자를 먹고
함께 매를 맞고 차가운 물에 천천히 잠길 때
얼굴이 검은 언니는 거울을 보듯 나를 들여다보고
수초의 녹색 손가락을 벌려 목을 휘감는다
허벅지에 젖은 속옷을 감고 언니는
좌판에 쭈그리고 앉은 가난뱅이처럼
검은 연애소설을 읽고 또 읽는다
누런 비린내를 담요처럼 덮어쓴 언니
하염없이 졸고 있는 최초의 언니
십 년 후에 문득 다정한 언니라고 부르며
젖은 머리카락처럼 검게 흘러내리면

발이 커다랗고 입술이 비틀린 언니는
말끔하고 하얘질 것 같다
모르는 언니의 입김이 내 눈에서 얼어붙고
오래된 납의 거울 속 사라진 애들이 발견될 것 같다

솜사탕 얘기

솜사탕, 얘기를 해볼까
한 꺼풀씩 벗겨지는 살에 대해서
달콤한 손가락과 이빨 끝에서 녹는 얼굴에 대해서
한밤중에 우리는 서로를 가리키며 웃을 수도 있다
그러나 커다란 겨울의 무쇠솥
깊이 없는 밑바닥에서
단단한 혀는 검은 죽처럼 흐르고
사내는 두꺼운 외투를 입고 돌아와
얼어붙은 밤의 피부를 휘젓는다
희고 커다랗게 부풀어 오른 솜사탕
차가운 잠의 목구멍에 걸린 그것
방 안 가득 흩날린다
박쥐의 날카로운 이빨에 찢긴
먼지투성이 한숨들
십 년 전에 쏟아놓은 울음처럼
공책에서 번져 나오는 검은 글자들
침대 위에서 어지럽게 자라는 꿈의 흰 짐승들
자줏빛으로 칠해진 입술의 노래

눈보라 속 신발을 잃어버린
아이처럼 달디단 손가락 빨면서
사내는 천천히 굳어간다
너의 머리 위에 덮이는 저것은,
광활한 어둠의 무쇠 뚜껑
하염없이 부풀어 오른
오늘의 솜사탕이
사내의 목구멍을 틀어막는다
그러니 이제 흰 솜사탕 얘기를 해볼까

질투

괜찮아, 이것은 네 차가운 귀에 속삭이는 바람의
슬픈 이야기가 아니니 공원 모퉁이 버려진 컴컴한 자
루 속에 숨어 너는 끼끽 웃어도 좋지 종일 허공을 달
리던 목마들 굳어버린 채 멍하게 식은 별들을 쳐다보
고, 착한 애들의 웃음소리는 영원한 햇빛 속에 갇혀
있으니

무쇠구두를 신은 바람이 더듬거리며 달려가는 밤,
계단의 끝에서 죽은 말처럼 입을 벌리고 잠들 수도
있지 두려운 이빨처럼 희게 굳은 비명처럼

차갑고 어두운 빗방울이 지상에 떨어진다
지나가던 사람들 문득 고개를 돌려 묻는다
  이봐, 아가씨, 오늘 밤 당신의 차가운 달은 어디
에 있지?
  길고 하얀 목에 걸린 검은 밧줄은 누구의 기억
이지?

목쉰 늙은이들은
검은 쥐처럼 달의 더운 입술을 탐하고
공원의 구석 어두운 나뭇가지에
매달린 자루 속 너는 하염없이 흔들리고 있다

진한 오줌 냄새를 흘리며 별들이 텅 빈 손 내밀고
낡은 자루 속엔 그렇게 많은 노인들의 귓바퀴와 어
린 새들과 구름의 잿빛 농담이 숨어 있을 테지만

이것은 얼어붙은 네 귀에 속삭이는 어리석은 바람
의 이야기가 아니고
자루 속에 담겼던 달은 검은 兵丁처럼 조용히 공원
을 빠져나간다

핑크

여긴 대체로 조용하다
지상의 소음을 검은 장화 속에 가두고
사방에서 눈이 쏟아진다
핑크는 연한 가지에 내려앉는 겨울을 보고 있다
투명한 햇빛 사이로 날아다니는 눈들
나무들은 두꺼운 털옷을 뒤집어쓰고 기침을 한다
유리창에 얼어붙은 최후의 물방울이 주르륵 터져
흐르고
저 멀리 동물원에선 기린이 하품을 하고
모든 게 빠르게 얼어붙고 있어
나의 친구 핑크는 흰 입김으로 말한다
두꺼운 외투와 외로운 장화의 날들
영하 40도의 시간 속에서 타오르는 촛불
먼 북극으로부터 맹렬하게 불어와 깨어지는 바람의
키스
핑크의 흰 이빨이 덜컹덜컹 부딪치고 있다
늙은 기린의 두 귀에 매달린 얼음조각을 보라지
제 얼굴의 공포로 혼자 반짝이는 거울 같아

핑크는 얼어가는 물 위에 검은 물감을 칠한다
나의 친구, 태양의 붉은 목도리를 두르고
아이들은 순식간에 차가운 저수지 속으로 사라졌지
작고 하얀 맨발에 입 맞추며
두려운 입술이 부르는 노래는 투명한 얼음의 표면
을 빠져나간다
후회의 밧줄이 핑크의 목에 감기고
낯선 얼굴이 검은 종이를 찢고 사라지고 있어
그러나 모든 표정을 장화 속에 감춘 핑크
그날 이후 어떤 눈물을 가지고 있었는지는 잊어버
렸지만
차갑게 타오르는 촛불처럼 영원한 겨울을 살아가는
나의 친구 핑크
종일 새하얀 기침을 하는
우울한 독백자

조용한 방

이 방은 너무 환해
손톱 끝에선 새로 태어난
태양이 뜨겁게 타고 있는데
내 아기,
너의 차가운 혀로는 슬픔을 노래하렴
그러나 사방에 흐르는 검은 향기
하얀 맨발로
휘어진 벽돌 담 너머 따라가면
유리로 만든 접시 위에
붉은 잎처럼
태양의 찢겨진 속옷
정오의 푸줏간 주인
너의 아버지 절룩이며 다가와
커다란 무쇠 칼을 들고
굳어버린 시간을 쏙 잘라낸다
검붉은 고깃덩이처럼 베어진 적막
달콤한 피를 아이스크림처럼 핥으며
몰려드는 눈먼 파리 떼 미친 듯

잉잉대는 어두운 방 안

너의 차가운 혀로는

슬픔을 노래하렴

아기의 새하얀 얼굴에 매달린

시간의 검은 입술들

회색

커다란 식탁 앞에
사내는 앉아 있다
푸른 칼에 찔린 채
낯선 음악처럼
천천히 벌어지는 검은 구멍
진홍빛 향기의 떨림
십이월의 파란 눈송이처럼
지상의 소음 위로 떨어지기 직전
어두운 심장의 주머니 속에서
사내는 피 흘리는 달을 꺼낸다
투명한 접시 위
눈먼 물고기 비늘처럼
무한히 떨리고 있는 음악으로
식탁은 가득 찬다
새하얀 셔츠에 천천히 번져가는
달의 검붉은 미소
광막한 식탁 앞에서
오래전의 사내가

물고기처럼

천천히 웃고 있다

멀리서 훌쩍이는 소리 들린다

오래된 소풍

그녀의 흰 손이 써놓은 것들
반짝이며 부서진 유리잔
흩어진 푸른 공기 달아난 검은 눈썹
그리고 젖은 밤의 입술들
마지막엔 하얗고 커다란 구름이
내 옆에 와 고요히 앉는다

우리에겐 드넓은 식탁이 있고
우리에겐 휘어지는 그림자가 없고

풀밭에 발목을 묻은 채
그녀는 푸른 송어를 굽는다
오후의 풀밭 하염없이 넓어지고
환한 그녀의 손가락은 구름을 따라갔는데
돌아보니 부풀어 오른 그녀가 커다란 구름처럼 보
인다

풀밭처럼 커다란 식탁이 있고

풀밭에 사르르 비린 향기 번져가고
부드럽게 잠긴 머리카락 사이로 어두운 강물 빠르
게 흐르고

지나간 전쟁과 겨울과 훔친 구두의 이야기는
하얀 스커트 속 검고 어두운 살처럼 흘러내리는데
나는 왜 흰 입김으로 돌아왔을까
이제 구름이 된 너의 뺨을 만질 수 있다면
그것은 오래전의 이야기일까

　　멀리서 한 아이가 우리를 보고
　　비명을 지르며 달아난다

풀밭에 벗어놓은 그녀의 구두에서 뱀이 흘러나온다
펑, 낡은 플래시가 터진 것처럼
오래전에 멍하게 입 벌리고 나는 본다
납빛 차가운 누이의 얼굴 속으로
흰 뱀이 희게 사라지는 것을

독신자

하루는 편지를 쓴다, 하루는 겨울을 기다리고
밤의 접시 위에 꽃들이 희게 떨어진다고도 쓴다,
하루는
언제나 하루이고 겨울은 오지 않고 너는 아주 고요
하다고, 물속의 얼굴처럼

하얀 기침 속에서 실을 잣는 공장의 소녀들처럼,
하루와 하루 사이에서 흩날리는 검고 빛나는 머리
카락

하루는 어제처럼 빛나는 것 먹구름처럼 흐릿하고
소금사막처럼 발목이 푹푹 빠지는 것 붉은 담장의 벽
돌이 우르르 무너지고 접시가 깨어지고
공중의 실뭉치는 함부로 굴러간다, 영원의 검은 구
멍 속으로 빠지기 위해

소녀의 손가락이 뚝 끊어지고
애들은 저녁의 요람에서 구슬프게 운다

무서워서 하루의 희고 긴 머리카락이 마구 흘러내
리고

고독

지상에 처음 태어난 바람처럼 너는 달아나고 있다
기다란 두 팔은 차가운 공기의 지느러미를 달고
어두운 가지 사이를 흐르고 흘러서
멀리 강물이 반짝이는 정오를 지난다
거기, 천천히 쓰러지는 국도의 하얀 나무가 있고
유리 조각에 찔리면서 흩어지는 꽃잎의 숨소리가
있다
목덜미에 번지는 향기는 검은 벌레들의 한숨
너의 궁핍한 혀는 낡은 세계의 표정을 하염없이 핥
는다

검은 성벽에 부딪쳐 박살 난 트럭
사내의 얼굴이 희게 굳어간다

럭키의 시간

一街 비좁은 골목에서 개는 斷食中이다. 검은 전동차 앞에서 최초의 사내가 몸을 구부릴 때 수많은 사내들이 동시에 담배를 피워 물고, 공중을 떠도는 차가운 입김들. 우린 밤의 입술과 연기의 쓴맛을 알 수 없고, 흰 소금처럼 젖은 혀에 쏟아지는 소음과 뺨 위를 구르는 눈물을 구별할 수 없다는 것

그러니 럭키, 너의 텅 빈 목소리를 잠깐 빌려준다면 난 여기서 노래할 수 있지. 잿빛 눈송이 흩날리는 커다란 입을 벌리고 컹컹, 조각난 네 얼굴이 낯설어질 때까지

무한의 혓바닥 위에서 웅크린 개의 몸이 끓어오를 때, 오래전 이곳을 떠나간 사내들, 검은 가지 사이로 떨어뜨린 몇 개의 표정을 핥아대며

一街는 밤의 반사경 너머로 천천히 휘어지고 단식하는 개의 눈동자 속으로 무수한 사내들이 흘러든다.

달

어떤 밤이 당신을 부풀게 했습니까. 쿵쿵거리며 골목마다 겨울의 냄새를 찾아다니는 우린 낡은 자루를 메고 흘러갑니다. 당신의 희고 긴 목을 휘감은 밤의 혀, 우린 조용히 흩어지는 자들입니다. 트럭에 실려가는 얼굴 없는 사내, 혀끝에서 녹아버린 별들의 이름처럼

혼적 없이 문을 두드리죠. 염색공장의 폐수에 처박힌 당신이 고요히 부풀어 오를 때, 女工의 가슴 깊숙이 박힌 이빨이 녹슬어갈 때, 낡은 창고에서 쓰디쓴 은전(銀錢) 냄새를 피우며 유령들이 출몰할 때, 고양이들이 도시의 선홍빛 창자를 질질 끌고 줄지어 우릴 따라올 때

저 어두운 골목으로 사라지는 목발소리, 영원한 밤을 걸어서 행군하는 누런 병정들, 그들의 뜨거운 발바닥은 아직 얼어붙은 대지를 밟고 있지만

겨울처럼 똑같은 모자를 쓰고 우린 수도사의 침묵
을 얻었답니다. 그리고 아가씨, 당신은 마침내 희고
둥그런 달의 얼굴을 가지게 되었군요, 천공의 커다란
자루 속에서 검은 유방 터져 흐르는, 시큼한 살냄새
뚝뚝 흘리는

목이 긴 이야기

어제는 검고 긴 스타킹을 신고 한쪽은 맨발로 떠난 거예요, 어쩌면 목이 긴 소녀처럼 울면서, 뺨엔 살짝 훔친 꽃가루를 발랐어요. 달콤한 향기가 흩어지고 비단뱀처럼 밤은 차가워요. 세 줄쯤 일기를 쓰고 이불을 목까지 끌어올렸죠. 창틈으로 아무렇게나 쏟아진 빛, 튤립처럼 목이 희고 가늘죠. 그리고 골목은 어두워요. 맨발로 떠나간 여자들이 커다란 가방을 질질 끌고 돌아왔어요. 오토바이에 매달려 달리는 거리는 황홀하고 낡은 스타킹처럼 누더기가 된 이야기들이 펄럭였어요. 출렁이는 머리카락을 싹둑싹둑 자르는 시간의 은빛 가위날. 꽃가루처럼 풀풀 날리는 별들, 깜빡일 때마다 검고 달콤한 향기가 공중에서 쏟아지고 오늘 밤 두껍고 지루한 책을 덮고 새근새근 잠이 들 거예요, 어쩌면

幻

    애들아, 나는 푸른 유리의 눈알을 끼우고 뺨에는 붉은 연지 그리고 손가락을 빨면서 인형극을 구경하는 여자. 더러운 부엌에서 설거지를 하면서 나는 오래전 밤의 금강석을 훔친 도둑을 기억하지. 어두운 정원을 지나 담장 너머 환한 극장에 살금살금 다가가지. 낡은 속옷에 덮인 악몽에선 달콤한 구름이 피어오르고, 어쩌면 나는 흰 베일을 쓴 신부 오오, 숨이 막히는

    자정이 지나면 애들아, 너흰 한꺼번에 서른 살을 먹어버리고 인형극의 여자 따윈 기억하지도 못하지. 나는 뚝뚝 끊어진 이야기를 꿰매며 기다린단다. 잿빛 머리카락엔 실밥이 흩날리고, 검은 방의 촛불 아래 쭈그리고 있는 나를 발견하면 애들아, 따뜻한 손을 내밀어주렴, 꺼질 듯 흔들리며 나는 오래 기다리고 있잖니. 푸른 유리의 눈알은 흩어지고 얼어붙은 뺨으로 거리를 헤매지만 오늘 밤 아무도 내 눈물을 훔치지 않지.

슬픔

검은 뱀처럼 슬픔의 냄새는 낡은 종이 속으로 번져
간다

녹슨 양철지붕 아래로 쏟아지는 창백한 얼굴
뾰족한 겨울의 손톱이 그녀의 뺨에 깊은 얼룩을 만
들고
검은 스타킹처럼 긴 목을 부드럽게 휘감은 한숨

창밖에 둥둥 떠 있는 불안의 손가락들과 반짝이는
침묵의 흰 모래로 가득 찬 방
벌거벗은 무릎에 낡은 밤의 외투를 둘러준 채
나의 손은 그녀의 광막한 뺨을 어루만진다

그리고 자정의 커다란 냄비에서 끓어오르던 황금의
목소리와 자줏빛 혀의 슬픔은 모두 나의 것이다

혁명

그녀의 커다란 입술이 차가운 벽에 닿을 때
낡은 책 위를 흘러내리는 주름진 미소처럼
희게 응고된 눈물의 냄새처럼

허공의 못에 걸린 검은 치마 속에서
그녀는 아주 가난한 여자이고
자주 화가 나고 굽은 길처럼 여러 갈래로 흩어지는
목소리
자정엔 너무 많은 그녀들이 한꺼번에
기침과 웃음을 터뜨리고 뚱뚱해진 얼굴로 둘러앉은
접시 위엔 흰 돌멩이, 낡은 목발 그리고 어제의 회색
먼지들
밤의 귀에 속삭이는 푸른 모래
흰 반죽처럼 그녀의 발이 거대하게 부풀어 오르고
검은 치마의 모서리가 천천히 풀려간다

딱딱하게 굳은 빵조각처럼 잔인한 벌레들이 파먹은
하루, 그녀의 맨발에 키스하고 우리는 늙어간다

표면의 몰락, 반(反)풍경의 구상화

함 돈 균

1

이기성의 첫 시집 『불쑥 내민 손』(문학과지성사, 2004)
에서 우리가 '불쑥' 마주했던 것은 안온한 도시적 일상이
자신의 내부에 숨기고 있던 '검은 이빨'이었다. 이 일상은
노동과 향유를 통해 단단하게 구성되고 안정적으로 지속되
(는 듯하)지만, 시인의 시선은 일상의 이면에 도사린 폐허
와 악몽을 포착함으로써 이 삶의 지속성이 무엇에 근거하
고 있는지를 질문한다. 이 질문은 언제나 "뭉툭하게 잘린
세 개의 손가락 협곡처럼 어두운 세계의 한 귀퉁이를 단호
하게 벼려"(「열쇠」, 『불쑥 내민 손』)내는 예리한 관찰 속에
서 느닷없는 낯선 풍경으로 제시되곤 하는데, 이때 이 풍
경은 세계에 대한 객관묘사라고도 할 수 없고 전적인 주관

적 서정이라고도 할 수 없는 자리에서 포착되는 것이다. 인간과 자연의 일체화된 공감 속에서 서정의 우주, 다름 아닌 풍경의 아날로지analogy가 완성된다고 할 때, 이기성의 풍경은 이 풍경의 프레임을 일그러뜨려 풍경에 내재한 '검은 이빨'과 녹슨 바닥을 드러내고, 그 공포와 폐허를 황량한 감각으로 환기한다는 점에서, 반(反)풍경·반서정·반아날로지라는 '현대 시'의 본질에 전적으로 충실하다고 할 만하다. 예컨대 그 첫 시집 속에서 인상적이었던 다음과 같은 (반)풍경이 그러하다.

흐린 강 건너던 순환선은 철교 위에 멈추어 있다. 태양이 알전구처럼 꺼진 공중 검은 꽃의 제국처럼 우뚝 처박힌 소각장, 우리는 모두 눈을 떴다. 딱딱하고 육중한 철근의 잎을 핥으며 저녁마다 다리를 건너는 자들은 그가 내뿜는 검은 언어를 깊숙이 들이마신다. [……] 저것이 소각장의 굴뚝이라고 옆에 앉은 비쩍 마른 사내 고개를 파묻으며 천천히 중얼거린다. 구겨진 잿빛 점퍼엔 용접기의 시퍼런 불꽃 튀어 몇 개인가 구멍이 뚫려 있다. 문득 다가와 겨드랑이 깊숙이 손을 찔러 넣는 그림자, 바람도 없는 허공을 건너서 그는 환하게 피어난 검은 입구로 걸어가게 될 것이다.
　　　　　　　　　　　　──「입구」 부분(『불쑥 내민 손』)

"순환선"은 지속되는 일상의 메타포다. 그것은 반성의

틈을 주지 않고 작동하는 자동화된 도시적 일상의 오브제다. 그러나 그것이 멈추어 서는 어떤 찰나가 있다. 하지만 여기에서 멈추어 선 것이 "순환선"이라고만 해서는 안 된다. 정확히 말해 그것은 객관세계의 멈춤이라기보다는, 풍경의 프레임을 비틀어 풍경의 숨겨진 내부를 꿰뚫어 보는 '시적' 시선의 한 찰나라고 하는 게 옳기 때문이다. 객관세계가 시선의 주관적 '왜곡'을 통해 묘사와 진술이 뒤섞인 채로 이기성 특유의 (반)풍경으로 드러나는 찰나가 바로 이 순간이다. "태양이 알전구처럼 꺼진 공중 검은 꽃의 제국처럼 우뚝 처박힌 소각장"과 같은 (반)풍경. 시선의 주체는 이 찰나를 '우리 모두'가 '눈을 뜨는' 시간이라고 말한다. 그리고 이처럼 눈 뜬 '우리'가 마주하게 되는 세계는 어김없이 녹슬고 광포하며 누추한 폐허다. "검은 꽃의 제국처럼 우뚝 처박힌 소각장" 속에서 "딱딱하고 육중한 철근의 잎을 핥으며 저녁마다 다리를 건너는 자들"인 '우리'는, "내뿜는 검은 언어를 깊숙이 들이마"시며 살고 있음을 그제야 '자각("우리는 모두 눈을 떴다")'하게 되는 것이다. 이 지점에서 "비쩍 마른 사내," 다름 아닌 '우리'는 "문득 다가와 겨드랑이 깊숙이 손을 찔러 넣는 그림자"와 조우하게 된다. "환하게 피어난 검은 입구." 이기성이 첫 시집에서 내민 '불쑥 내민 손'이란 바로 이 "입구"로의 느닷없는 초대를 의미하는 것이었다. 이기성 식 반풍경·반서정·반아날로지 '현대 시'의 고유한 자리가 열리는 지점도 바로 이 "입구" 앞이라고 할 수 있다.

등단 후 6년 만에 출간된 첫 시집과 마찬가지로 다시 6년
의 주기를 두고 출간되는 두번째 시집 『타일의 모든 것』은,
첫 시집과의 맥락 속에서 이해될 필요가 있어 보인다. 그
러나 이는 이 시집이 첫 시집과 일정한 친연성을 가진 것
만큼이나 많은 차이점 역시 함께 지닌 것으로 보이기 때문
이다. 이 문제를 염두에 두고, 이번 시집의 특징을 요약할
수 있는 몇 개의 '반풍경'들을 거론해보고자 한다.

2

이기성의 첫 시집에 나타난 (반)풍경들이 대체로 도시
적 일상의 이면에 내재한 폐허를 포착하고 묘사하는 데에
집요함을 보여주었다고 한다면, 「트라이앵글」과 같은 시
는 그 연속선상에서 이해될 수 있는 시라고 할 수 있다.

고층 빌딩의 화장실 칫솔을 입에 문 그녀들이 깔깔거린다.
꼭 죄어 입은 스커트 회 거품을 물고 흩어지는 웃음소리, 쇠
파이프를 타고 빌딩의 구석구석까지 흘러간다. 뾰족한 구두
는 투명한 소리를 내며 허공의 계단을 걸어도 좋겠지만 유리
의 외부에서 노랗게 녹아내리는 태양. 우린 지금부터 삼십
층 허공에 매달려 바람과 먼지의 냄새를 잊고 호흡이 가빠지

고, 빈 쇠파이프를 흘러가던 슬픔은 갈라진 틈새로 천천히 새어 나온다

광속으로 날아든 돌이 얼굴의 표면을 스치고 사라지는 오늘은 깨질 듯 푸른 유리의 밤. 칫솔을 물고 깔깔거리던 그녀들 중 하나는 비상통로에 갇혀 있을 것이고, 그녀들 중 둘은 어두운 쓰레기통 속에, 그녀들 중 셋은 입이 틀어막힌 채 지상에서 가장 차갑고 황홀한 유리의 밤을 맞이하게 될 것이다.

———「트라이앵글」 전문

두말할 나위 없이 이 '풍경'에서도 초점이 되어야 할 것은 "얼굴의 표면"이 아니라 이면(裏面), 즉 이 "고층 빌딩"이 "깨질 듯 푸른 유리"와 "허공"에 근거하고 있다는 사실이며, "얼굴의 표면"에 느닷없이 날아들었다가 불안을 환기하며 사라진 "광속으로 날아든 돌"의 존재일 것이다. "화장실 칫솔을 입에 문 그녀들이 깔깔거"리는 모습은, 그러므로 "빈 쇠파이프를 흘러가던 슬픔은 갈라진 틈새로 천천히 새어 나온다"는 풍경 이면의 실체를 부각하는 위태로운 "표면"에 지나지 않는다. "삼십 층 허공에 매달려 바람과 먼지의 냄새를 잊"는 이 풍경의 표면은, 「입구」에서 "검은 꽃의 제국처럼 우뚝 처박힌 소각장" 속에서 살면서도, 그리하여 "환하게 피어난 검은 입구로 걸어가게 될" 삶에 근거하고 있으면서도, 안온한 "순환선"으로만 드러나는 일상의 표면과 같은 맥락에 서 있다. 따라서 "흰 거

품을 물고 흩어지는 웃음소리"라는 언표는, 이기성의 이번 시집 전체의 어법과 세계관을 단적으로 드러내는 중의적 언표라고 할 수 있다. 그 언표의 표면은 '칫솔을 입에 문 그녀들의 웃음소리'를 지시하지만, 그 이면은 이 '웃음소리'가 흰 거품처럼 흩어질 실체 없는 것일 뿐만 아니라, 흰 거품을 무는 고통을 수반하는 웃음, 즉 고소(苦笑)라는 사실을 함의하고 있다. 그리고 이 웃음("폭소")은 이 시집 전체에서 모두 이런 풍경—일상의 이면에 대한 불안과 악몽을 담지하고 있는 중의적 이미지로 강박적으로 반복되고 있다.

따라서 "비상통로"와 "어두운 쓰레기통"과 "입이 틀어 막힌 채 지상에서 가장 차갑고 황홀한 유리의 밤"에 갇힐 "그녀들(의 일상)," 다름 아닌 '트라이앵글'은 가장 완벽하고 안정된 기하학적 모형이라는 삼각형('트라이앵글')이 실은 가장 깨지기 쉬우며 실체 없는 '유리의 허공'에 근거하고 있음을 암시한다. 이 (반)풍경을 관할하는 시선의 주체에 따르면, 그것은 이 도시 세계를 구성하는 삶의 불가피한 숙명이다. 일상의 표면을 감싸는 깨끗하고 견고한 것들이 무너지고 쏟아지고 녹아 흘러내리고 거품을 드러내고 흩어지면서, 허약하고 낡고 메마르고 지저분하고 황량한 이면을 드러내는 이번 시집의 이미지들은, 기본적으로 이런 관점에서 이해될 수 있거니와, 이는 첫 시집과 이 시집이 기본적으로 동일한 세계관에 근거해 있음을 보여주는 유력한 증거가 된다.

이런 점에서 '타일'은 이번 시집을 관통하는 시인의 강박을 드러내는 가장 중요한 시적 오브제로서, 이번 시집을 채우고 있는 이 (반)풍경의 구조를 이해하는 열쇠가 될 만하다.

안개의 타일 속에서 웃는 소녀들 조용히 퍼져 나가 금세 딱딱해지는 소문들 잿빛 거미처럼 아파트 회벽에 달라붙은 여자들 속삭이는 타일 속에서 흘러내리는 침들 이름을 잃어버려 엉엉 우는 별들　　　　　　──「타일의 마을」 부분

"타일"을 수식하는 "안개의"라는 언표에서 암시되듯, "타일"은 수상하고 실체가 모호한 것이다. 그것은 안개처럼 일상 세계의 실상을 은폐하고 있다. 그리고 안개처럼 "조용히 퍼져 나가 금세 딱딱해지는 소문들"이 된다. 쉽고 빠르게 전파되지만, 일단 전파된 다음에는 딱딱한 응고물─벽·바닥이 되어 변하기도 어려운 것이 된다. 그러나 그것의 실체는 수상한 "소문들"처럼 확인될 수도 없다. 이 마을에서 "타일"은 무엇을 가리키는가? 또는 무엇의 곁에 있는가? "타일 속에서 웃는 소녀들"이 있고, "잿빛 거미처럼 아파트 회벽에 달라붙은 여자들"이 있다. "타일 속에서 흘러내리는 침들"이 있고, "이름을 잃어버려 엉엉 우는 별들"이 있다. 수상한 웃음과 잿빛의 회벽과 더러운 침과 자

기 정체성을 잃어버려 울고 있는 것들을 덮고 있는 "희고 딱딱한 웃음들"(「폭소」, 제1부)이 바로 "타일"이다. "강가에 던져진 구두는 입을 커다랗게 벌리고"(「타일의 마을」) 있지만, "타일"은 안개처럼 이 모든 걸 가린다.

이 시집에서 강박적으로 반복되는 "타일"의 의미를 단적으로 규정하는 일은 쉽지 않다. 그러나 그것이 무엇을 함의하든 그 이미지를 통해 우리가 확인하게 되는 것은, 그것이 일상의 음울한 이면을 단단히 가리는 희고 매끈한 벽·바닥 같은 것이며, 그런 점에서 "타일"은 풍경의 매끈한 표면이라고 할 만한 것이라는 점이다. '호기심'과 '애매함'을 세인(世人)적 세계의 본질로 파악한 하이데거적 관점을 참조한다면, 이 "안개의 타일"을 그 자체로 통속적 일상의 일부라고 할 수 있을지도 모른다. 하지만 이 시집에서 중요한 것은 이 단단한 표면이 자주 흘러내리고 무너지고 쏟아지며 흩어진다는 사실이다. 그것은 시인이 깨끗하고 단단한 것의 실체를 믿지 않는다는 뜻이다. 그리고 "타일"이 일상적 풍경의 안온하고 매끄러운 표면을 완성하는 오브제였다는 사실을 상기할 때, 궁극적으로 여기에서 흘러내리고 무너지고 쏟아지며 흩어지는 것이 "타일" 자체일 수 없음은 분명하다. 균열의 진원은 이 표면의 내부일 것이기 때문이다. 역설적이게도 이 시집의 풍경 속에서 이 순간만큼이나 역동적인 에너지가 주입되는 순간도 없다. 이른바 그것이 '반풍경'의 순간이기 때문일까?

그것을 안다, 나는 그것을

사랑하고 타일이라고 부른다, 타일은 흰 접시를 두들기고

침을 흘리고 양탄자에 오줌을 싼다, 아파트에 들일 수 없

는 더러운 짐승

타일은 쿵쿵 고요한 이웃을 깨우고, 발을 구르고 비상벨

을 울리고

좁은 계단으로 도망친다, 우리는 모두 타일을 사랑해

그러나 지붕으로 달아난 타일은 커다랗게 부풀고

삑삑 사방에서 경적이 울고, 타일들이 모두 깨어나 노래

를 부르는 밤

벌어진 입속에서 푸른 타일 쏟아지는 밤

검은 자루를 질질 끌고

한밤의 피크닉을 떠나는 가족들, 타일을 안고

돌아가는 창백한 독신자들

타일 속에 숨어 헐떡거리는 공원의 소년들

그리고 결정적으로 그것을 사랑할 수 없기 때문에 화가 난

여자들

자, 타일을 마두 두드리는 밤이다

우르르우르르

뜨거운 침과 함께

푸르고 총총한 타일 조각들

머리 위로 쏟아진다   ──「타일의 모든 것」전문

이 시에서 "타일"은 "침을 흘리고 양탄자에 오줌을" 싸는 "더러운 짐승"으로 묘사되지만, "타일"이 일상의 표면을 매끄럽게 완성하는 오브제에 불과하다면, 실제로 "침을 흘리고 양탄자에 오줌을" 싸는 "더러운 짐승"이란 실은 "타일"이 아니라, "타일"이 덮고 있던 회벽색 일상 그 자체라고 해야 옳을 터이다. 이때 침과 오줌은 "타일"이 감싸고 있던 회벽색 일상의 내부로부터 나온 분비물일 것이다. "타일 속에 숨어 헐떡거리는 공원의 소년들" 역시 이 매끄러운 표면이 감추고 있던 풍경 내부의 앓고 있는 육체— '오물'일 것이다. 아무리 단단하고 매끄럽게 표면을 감싸도, 세계— 육체가 흘리는 오물의 분비와 그것의 노출이란 불가피하다. "벌어진 입속에서 푸른 타일 쏟아지는 밤"이란 바로 이 순간이라고 할 수 있다. 표면이 붕괴되는 이 순간은 오물이 세계의 육체로부터 바깥으로 배출되는 순간이고, 세계 자체가 오물을 분비하는 오염된 육체라는 실상은 자기기만적 세계에서 그제야 세계 스스로에 알려지고 자각된다. 그러므로 정작 "아파트에 들일 수 없는 더러운 짐승"은 "아파트"를 감싼 표면인 "타일"이 아니라, 이 표면이 단단하게 감싸고 있는 그 내부 "아파트" 자체라고 해야 하지 않을까?

일상의 자기기만이 느닷없이 그러나 불가피하게 노출되는 이 순간은, 그러므로 "타일"이 "쿵쿵 고요한 이웃을 깨우고, 발을 구르고 비상벨을 울리고/좁은 계단으로 도망"
치는 위태로운 순간이 된다. 아이러니한 것은 세계를 단단
히 가리는 자기기만의 표면이었지만, 일단 그 표면이 붕괴
되고 세계의 오염된 육체가 바깥으로 드러나는 순간, 세계
에 알리바이를 제공해왔던 그 모든 단단한 구성물들은 오
히려 그 오염을 지금까지 생생히 목격해왔던 진실의 불가
항력적인 증언자가 된다는 사실이다. "타일은 커다랗게
부풀고/삑삑 사방에서 경적이 울고, 타일들이 모두 깨어
나 노래를 부르는 밤"은 세계의 자기기만의 구성물이었던
"타일"이 오히려 그 자신의 알리바이를 배반함으로써, 세
계의 타락과 폐허를 위태롭게 경고하는 자기 고발의 아이
러니한 존재 변환의 순간이라고 할 수 있다. 이때 "벌어진
입속에서" "쏟아지는" "타일"이 '희고 단단한' 타일이 아
니라, "푸른 타일"이라는 사실은 주목할 만하다. 푸른색의
불꽃이 매우 높은 열점(熱點)에서 발생하는 색깔이라는
점을 상기할 때, "푸른 타일"이 쏟아지는 이 붕괴의 "밤"
은 기묘한 방식으로 높은 열도가 체감되는 밤이라는 사실
을 알게 된다. 그리고 이 '잿빛' 시집 전체를 통틀어 (유일
하게) 가장 역동적인 에너지가 느껴지는 아이러니가 발생
하는 것도, "우르르우르르/뜨거운 침과 함께/푸르고 총총
한 타일 조각들/머리 위로 쏟아"지는 바로 이 순간이다.

3

이번 시집에서 이러한 "타일"의 이미지는 "비누"의 이미
지와 상호 치환적이다.

　　세입자인 사내는 한 박스의 비누를 샀다
　　한 달 뒤엔 거품의 아이들이 마구 날아다닐 걸
　　사내는 큭큭 웃었다
　　딱딱한 비누로 그릴 수 있는 건
　　별로 없었을 테지만,
　　사내의 굳은 이마처럼
　　달력 위에 두꺼운 타일을 쌓는다
　　여긴 아무도 찾아오지 않는
　　어두운 욕조
　　입김으로 흐려진 거울
　　비누는 점점 자라
　　결국 울적한 구름처럼
　　최초의 눈물처럼 흩어질 테지만,
　　오늘도 복도는 아주 고요하고
　　단단한 허공의 뺨에 비누를 문지르자
　　정말 거품의 눈동자 거품의 비명 거품의 아이들이 그를 둘
러싼다
　　검은 욕조에 흘러넘치는 어제의 얼굴들 혹은

사방에서 타오르는 흰 불꽃

흩어지는 사내의 얼굴을 움켜쥐고

춤추는 오, 거품의 맨발들

잿빛 타일을 뚫고 얼룩처럼 흘러내리는 미소

어두운 오후 내내 우리는

복도의 마지막 문을 마구 두들겼다　　——「비누」 부분

그 자체로 희고 단단하며, 세계에 깨끗한 표면을 제공
하는 도구적 알리바이라는 점에서 "비누"는 "타일"과 동형
적이다. "사내"가 "딱딱한 비누"로 "달력 위에 두꺼운 타
일을 쌓는다"는 표현은 이런 관점에서 이해 가능하다. 동
시에 그 '비누——두꺼운 타일 쌓기'는 "달력"과 관계된다
는 점에서 기계적이고 반복적으로 회귀하는 전망 없는 일
상에 대한 메타포라고도 할 수 있다. 그러나 「타일의 모든
것」에서처럼, 나날의 일상을 '희고 단단하게' 구성하는 '표
면'과 관계된 오브제라 할 수 있는 "비누" 역시, "단단한
허공의 뺨에 비누를 문지르자" "거품"이 될 운명을 피하지
못한다. 단단한 것은 결코 견고하지 않다. 여기에서 "거
품"은 "울적한 구름" "최초의 눈물" 혹은 "정말 거품의 눈
동자 거품의 비명 거품의 아이들" 등과 같은 이미지로 구
성되어 있다. 매끄럽고 단단하고 흰 세계의 표면은 거품처
럼 실체가 없으며, 우울과 근원적 슬픔, 황량한 시선과 비
명, 소외와 배제 같은 '얼룩'이 그 내부의 "정말"(실상)을

이룬다. 이 "거품의 맨발들"이 "춤추는" 순간은 곧 "잿빛 타일을 뚫고 얼룩처럼 흘러내리는 미소"가 세계의 표면 위로 노출되는 순간이다.

여기에서 의미심장한 점은 두 가지다. 「타일의 모든 것」에서 "푸른 타일 쏟아지는 밤"에 "결정적으로 그것을 사랑할 수 없기 때문에 화가 난 여자들"이 있었던 반면, 이 시에서 "세입자인 사내는" "한 달 뒤엔 거품의 아이들이 마구 날아다닐" 것을 예감하고 있다는 사실이다. 언제나 세계의 실상을 꿰뚫어 보고 예감하는 자들은 세계의 매끄러운 표면 그 내부로 흡수되지 못한 이 "세입자" 같은 자들이다. 그들은 애초부터 이 세계의 '오물'이나 '얼룩'으로 취급되어 그 내부로 흡수되지 못한 배제된 자들의 운명을 통해, 자기기만적 세계의 표면의 붕괴와는 반대편에서 그 세계의 부패와 허약함에 대한 증언자가 된다.

하지만 이기성의 시에서 미약하나마 세계의 다른 가능성에 대한 암시가 이루어지는 유일한 순간 역시 바로 이 "춤추는 오, 거품의 맨발들"이 출현하는 순간이다. "어두운 오후 내내 우리는/복도의 마지막 문을 마구 두들"기는 이 절박한 순간은, 절망의 한복판인 동시에 절망을 온몸으로 앓고 있는 자들만이 이를 수 있는 절망의 "마지막 문"이다. 빛은 아직 얼굴을 드러내지 않았으나, 그것이 "복도의 마지막 문"임을 아는 자는, 이미 문 너머로부터 쏟아질 얼굴 없는 빛을 그 자신도 의식하지 못한 채 '이미' 예감하고 있는 자다. "복도의 마지막 문을 마구 두들"기는 이 절박하고 절망적인 순간을, 시인이 이 시의 말미에서 (잿빛의 밤이 아니라) "푸르고 미끄러운 밤"으로 묘사하고, "우린/달아나기 시작했다"라고 말할 수 있는 것도 이런 까닭이다. 역설적으로 말해 세계의 기만적 표면이 붕괴되더라도 "나는 증발하지 않는" 유일한 가능성은, "무너지는 노래의 지붕에 걸터앉아" "칼처럼 잠의 분화구에 가득한 흰빛으로 남아"(「폭소」, 제2부) 절망의 "마지막 문"을 대면하는 이 순간이다.

4

그러나 이번 시집에서 가까스로나마 이러한 극적인 존재 변환에 대한 예감을 보여주는 시들을 발견할 수 있는 경우는 매우 드물다. 그것은 이 시집의 "타일"과 "비누" 같은 단단한 '표면'이 가리고 싶어 하는 이 세계의 빛깔이 궁극적으로 '잿빛'이라는 사실과 밀접히 관련되어 있다. 이 시집에서 매우 강박적으로 빈번히 노출되는 이 '잿빛'에 대한 이야기는 생각보다 중요하다. 이기성의 이번 시집 전체를 메우고 있는 이 '잿빛'은 "입안 가득 마른 먼지"(「빈 페이지」)의 메마른 색깔이며, "박쥐의 날카로운 이빨에 찢긴/먼지투성이 한숨들"(「솜사탕 얘기」)이 내뿜는 상처와 황량한 정서를 대변하는 색깔이다. 그 색깔은 "잿빛 머리카락엔 실밥이 흩날리"(「幻」)는 쇠락과 고독의 이미지와 관계하며, "두려운 이빨처럼 희게 굳은 비명"(「질투」), 또는 "돌처럼 굳은 너의 몸"(「자장가」, 제1부)처럼 절규와 죽음의 이미지를 함의한다. 그 색깔은 "도시의 잿빛 수로"(「어느 날」)를 채우고 있으며, "입구와 출구가 따로 없"이 "머리카락에 속눈썹에 푸릇한 입술에 흰 재가 수북이 쌓이"는 "시멘트 가루"(「언더그라운드」)의 색깔이다.

이 '잿빛'의 이미지는 이 시집을 이루는 지배적 세계관의 반영이라는 사실 이상의 문제성을 가지고 있다. 이는 도시적 일상에 대한 '관찰자적' 문명 비평의 성격을 띠었던 이기성의 첫번째 시집의 '시점'이 변하는 것과 관련된다. 이번 시집에서는 시의 화자가 (반)풍경의 외부에 있는 관찰자가 아니라, (반)풍경의 내부로 들어가 이 풍경의 한 배역을 떠맡는 모습이 두드러지게 눈에 띤다. 이러한 현상 변화에 기여한 것이 바로 이 '잿빛'의 이미지다. 이것은 이 '잿빛'의 이미지가 시적 화자와 분리된 외부의 객관적 풍경에 관련된 것이라기보다는, 화자 자신의 주관적 정서를 반영하는 심리적 색채라는 뜻이기도 하다. 하지만 시적 화자가 풍경의 내부로 들어가 이 풍경이 (시적 주체가 된) 시적 화자의 심리적 색채로 칠해졌다 하더라도, 이기성 특유의 (반)풍경이 여전히 빛을 발하는 경우는 역시 이 '주관적' 풍경이 절묘한 원근법을 통해 객관세계의 풍경 묘사의 형식을 취하는 다음과 같은 경우다.

　　7시에 손님이 도착한다. 우리는 방을 닦고 울면서 식탁을
치우고 7시를 기다린다. 찬장 구석구석 접시를 닦듯 썩은
이빨도 모조리 닦고 잿빛 먼지의 외투를 뒤집어쓴다. 7시에
말끔히 닦아놓은 얼굴에서 풀풀 먼지가 쏟아지기 시작하는
것이다. 두꺼운 벽에서 낡은 양탄자에서 오래된 회색의 기
침이 마구 솟구치듯. 콧등에 입술에 들러붙는 요란한 먼지
를 털고 입안에서 노랗게 잉잉대는 그것을 뱉어내고, 장미
나무 식탁에 앉아 검고 뜨거운 차를 함께 마셔야 할 텐데,
내 가슴에 박힌 푸른 식칼처럼 문득 방이 환하고 고요해지는
것이다. 다정한 손님이 문을 두드리는 무수한 7시에 광막한
외투 속 시체들이 이빨을 몽땅 드러내고 웃기 시작한다.

——「외투」 전문

　　여전히 이 (반)풍경에서도 주목할 오브제는 "외투"다.
"타일"이나 "비누"와 마찬가지로 그것은 몸(세계)을 가리
고 덮는 '표면'이다. "손님이 도착"할 "7시를 기다"리며
"식탁을 치우고" "찬장 구석구석 접시를 닦듯 썩은 이빨도
모조리 닦고" "뒤집어"쓰는 이 "외투"는, 그러나 "타일"의
안쪽이 회색빛 시멘트이듯 "잿빛 먼지의 외투"다. 손님을
응대하고 준비하는 이 견고하고 깨끗한 "7시"는 "말끔히
닦아놓은 얼굴에서 풀풀 먼지가 쏟아지기 시작하는" 자기

기만의 시각이며, "무수한 7시"라는 점에서 이 시각은 견고하게 유지되고 반복되는 일상의 시간 그 자체라고 할 수 있다. "두꺼운 벽에서 낡은 양탄자에서 오래된 회색의 기침이 마구 솟구치"고, "입술에 들러붙는 요란한 먼지를 털고 입안에서 노랗게 잉잉대는 그것을 뱉어내"는 이 "무수한 7시"의 '회합'이란, 그러므로 "죽은 자들의 얼굴로 모였다가/차가운 접시를 핥으며/새파란 입술로 흩어지는"(「회합」) 삶 외에 아무것도 아니다. 일상을 은폐하는 표면인 "외투"가, 일상의 "먼지"를 쏟아내면서 자기기만적 세계의 알리바이를 스스로 배반하는 모티프는 여기에서도 그대로 반복된다. 식탁 위에 모인 "손바닥들" 자체가 "먼지"(「회합」)로 흩어지는 이미지로 채워지고 있는 것이 이번 시집의 특징이라고 할 때, "광막한 외투 속" "이빨을 몽땅 드러내고 웃기 시작"하는 "시체들"은 이 회합에 초대된 "손님"이자 이 손님을 응대하는 "우리"들 외에 아무도 아니다.

눈여겨볼 점은 첫번째 시집에서 좀처럼 눈에 띄지 않았던 저 "내 가슴에"의 "내"라는 1인칭 주체의 존재다. 이것은 시적 화자가 '나'라는 1인칭 주체가 되어 (반)풍경 내부의 한 주인공이 되었다는 뜻이다. 이 1인칭은 그러므로 더 이상 풍경의 외부에서 그 풍경을 비평적으로 '왜곡'함으로써 풍경의 프레임을 일그러뜨려 풍경을 (반)풍경으로 구부리는 전지적 시선의 관장자가 아니다. 첫번째 시집과 달리 발생하는 이 시집의 온도 차는 여기에서 비롯된다. 여전히 이 (반)풍경은 황량하기 이를 데가 없으나, 이 (반) 풍경의 온도는 이제 차가운 게 아니라 뜨겁다. 그것은 이 (반)풍경이 비평하는 관찰자의 것이 아니라, 몸소 앓고 있는 1인칭 시적 주체의 정념을 표현하는 자기 실존적 서사가 되었기 때문이다. "내 가슴에 박힌 푸른 식칼"은 자기의 육체가 되어버린 이 "광막한" (반)풍경의 내부에서, 시적 화자(주체)의 견인주의의 한 형식을 엿볼 수 있는 중요한 이미지다.

풍경의 이면에 대한 비평적 직관을 통해, 객관묘사와 주관적 진술이 교묘히 뒤섞이던 이기성 고유의 반풍경·반서정·반아날로지 '현대 시'가, 이번 시집에서 많은 경우 진술 중심의 시들로 채워지고 있는 것도 화자가 이 (반)풍경을 구성하는 미장센의 한 오브제가 되었기 때문이다. 객관세계의 주관적 왜곡을 통해 이루어졌던 이기성 특유의 '반풍경' 구상화(具象畵)를 상기할 때, 이러한 변화는 어떤 의미에서는 불가피한 시작 경로인 듯이 생각되기도 한다. 중요한 것은 객관세계에 대한 풍경 묘사이든 개인적 서사가 개입된 주관적 진술이든 간에, 이기성 특유의 (반)풍경이 그 고유의 자리를 획득하는 순간은 적절한 원근법이 확보되는 순간이라는 사실이다. 풍경의 표면을 걷어내고 이면을 직관하는 '반풍경' 구상(具象)의 성패는 언제나 이 원근법의 확보와 관련된다. 하지만 이 원근법의 확보는 당면한 세계와 거리를 두기 위해서가 아니라 냉정한 리얼

리즘을 획득하기 위해서다. 이기성에게서 이 원근법은 늘 '잿빛'의 현실을 대면하는 불편한 열정에 의지하면서도, 그 현실과 타협하지 않음으로써 현실과는 다른 길을 '찾는' 용기의 유일한 형식이었다. 이 '무모한' 용기는 그러므로 거짓 희망에 자신을 걸지도 않지만, 예기치 않게 쏟아질 수도 있는, 그러기에 역설적으로 말해 어쩌면 영원히 볼 수 없을지도 모를 얼굴 없는 희망의 (불)가능성 역시 예단하지 않는 자의 것이다. 시인이란 희망을 주장할 권리도 없지만, 희망의 폐기를 선언할 권리 역시 주어지지 않은 자라고 해야 한다. '현대 시'의 시간은 이 가능성의 불가능성과 불가능성의 가능성 그 '사이,' 그 한가운데에서 솟아난다. 『타일의 모든 것』은 이 시인의 용기가 더 잔인한 시험대에 서게 되었음을 보여주는 '반풍경'의 시집이다. ▨